© 2007, **Carmen Gil**,
para el texto

© 2007, **Riki Blanco**,
para las ilustraciones

© 2007, **Combel Editorial, S.A.**
Casp, 79 – 08013 Barcelona
Tel. 902 107 007
combel@editorialcasals.com

Diseño gráfico: **Miquel Puig**

Primera edición: septiembre de 2007
ISBN: 978-84-9825-261-3

Depósito legal: B-30965-2007
Printed in Spain
Impreso en Índice, S.L.
Fluvià, 81 – 08019 Barcelona

LA MANSIÓN MISTERIOSA

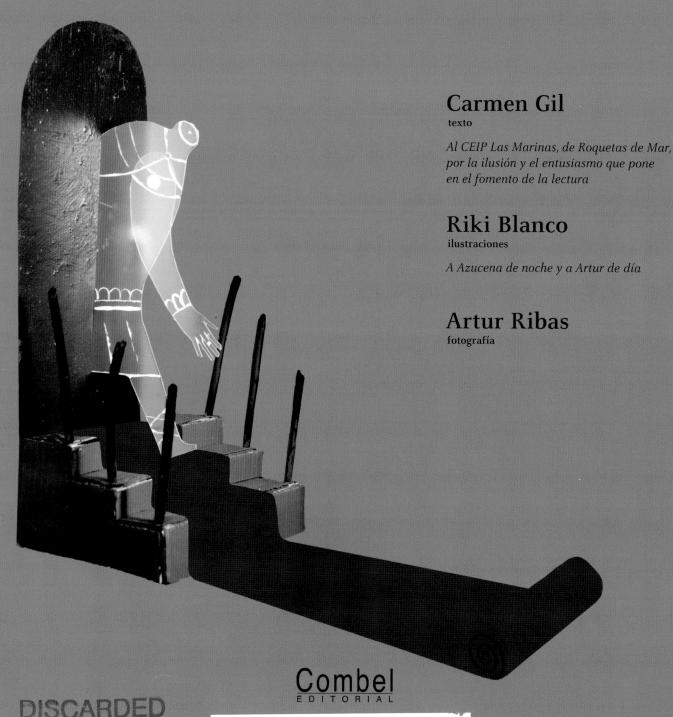

Carmen Gil
texto

Al CEIP Las Marinas, de Roquetas de Mar, por la ilusión y el entusiasmo que pone en el fomento de la lectura

Riki Blanco
ilustraciones

A Azucena de noche y a Artur de día

Artur Ribas
fotografía

Combel
EDITORIAL

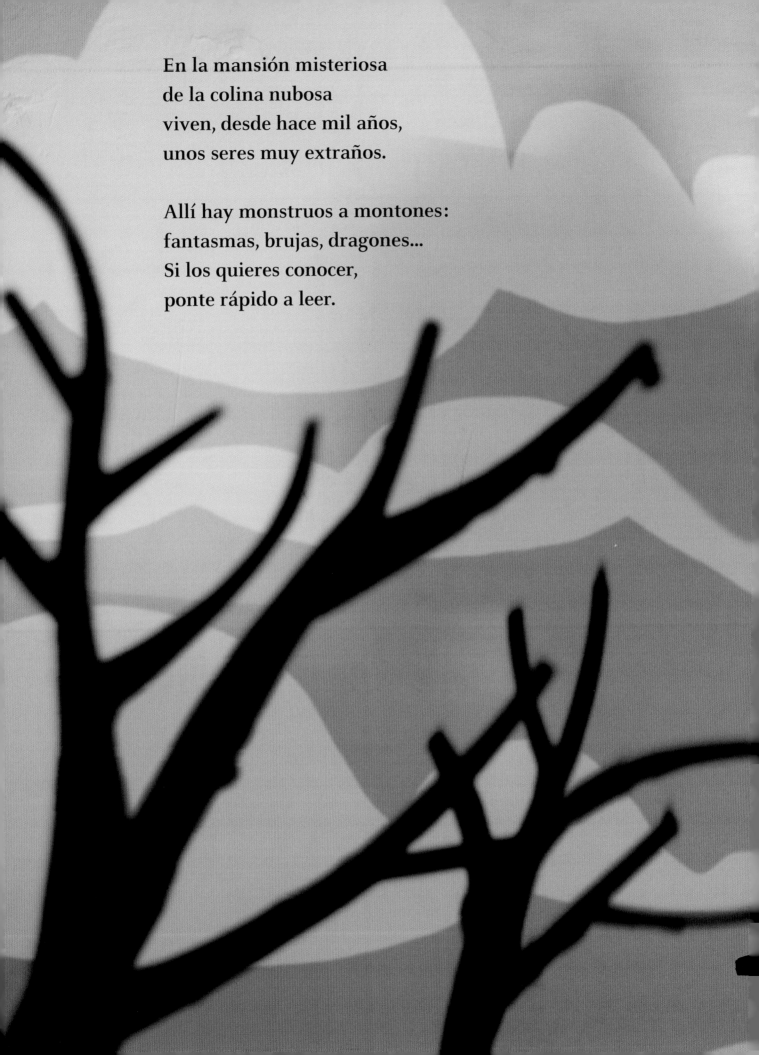

En la mansión misteriosa
de la colina nubosa
viven, desde hace mil años,
unos seres muy extraños.

Allí hay monstruos a montones:
fantasmas, brujas, dragones...
Si los quieres conocer,
ponte rápido a leer.

Aquí está **Aurelio II**,
el fantasma de Su Alteza,
que ha perdido la cabeza
y la busca en medio mundo.

Sin ella no puede, al alba,
sacarse brillo a la calva
ni darse una comilona
ni ponerse la corona.

Ni gritar constantemente
ni hacerle burla a la gente
ni rascarse la nariz...
y protesta el infeliz.

Si te encuentras en un sueño
una cabeza sin dueño,
dásela a **Aurelio II**
que la busca en medio mundo.

El vampiro **Antón**
se pone su capa
y, por el balcón,
de noche se escapa.

Perfumado y serio,
Antón vuela y gira
hacia el cementerio:
va por su vampira.

Como es muy galante,
a su novia invita
a un vaso gigante
de sangre fresquita.

Reina la quietud.
Ella le da un beso
junto a un ataúd
y **Antón** pierde el seso.

El pobre se azora,
hace mil piruetas,
se pasa una hora
dando volteretas.

«Mi vampira **Frida**,
yo voy a quererte
mil años de vida,
qué digo, de muerte.»

Con un crisantemo
color amarillo
y cara de memo,
la invita al castillo.

Esta es la bruja **Vera**,
una bruja cocinera.

Prepara una masa espesa
con cucarachas crujientes,
ojos de salamanquesa,
cagarrutas de serpiente...

Para que esté más jugosa,
le echa baba de babosa.

Si la masa es muy compacta
o el brebaje está salado,
mezcla un alga putrefacta
con las tripas de un pescado.

Le añade pis de lombriz
pasado por un tamiz.

La mete en agua estancada,
la deja un año en remojo
en una olla cerrada,
con un manojo de hinojo.

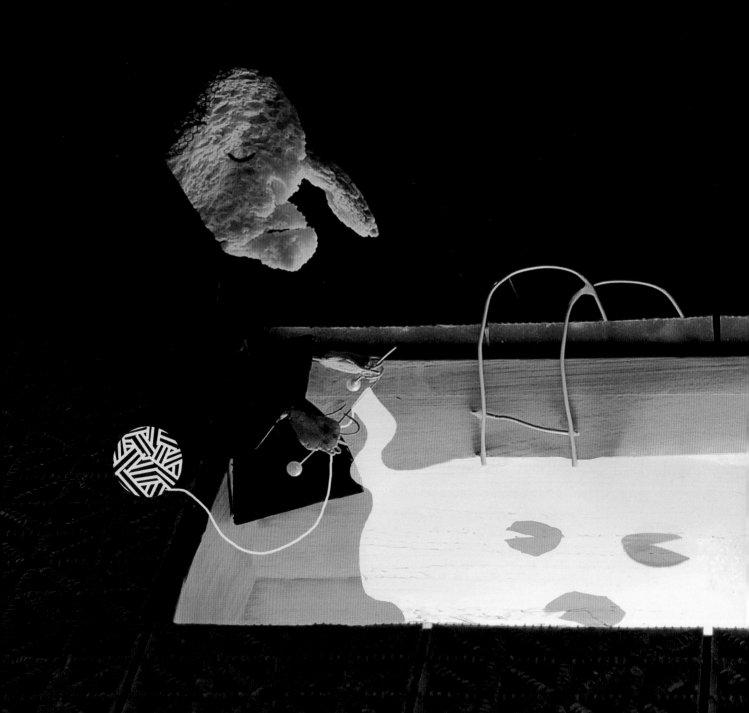

Batiéndolo todo junto,
¡la poción está en su punto!

Los sábados hace **Vera**,
además de sus pociones,
rollitos de primavera
y pizzas cuatro estaciones.

En la colina nubosa
ya no hay bruja más famosa.

Ese monstruo inquieto
se llama **Anacleto**,
un verde dragón
alegre y bailón.

Al dragón le encanta
bailar rock and roll,
cuando se levanta,
al ponerse el sol.

Mueve la cadera
y, según parece,
la ciudad entera
tiembla y se estremece.

Mueve diligente
el rabo muy alto
y no hay ser viviente
que no pegue un salto.

Mueve la cabeza,
¡menudo alboroto!,
y con gran torpeza,
causa un terremoto.

Mueve lomo y panza
un solo segundo
y al son de su danza,
baila todo el mundo.

No hay en la mansión
de noche o de día
un monstruo bailón
con más alegría.

Esta es la momia **Akenenda**
que lleva un traje, ¡qué gracia!,
hecho con metros de venda
que ha comprado en la farmacia.

Llegó de Egipto un buen día,
donde dicen que, por cierto,
con todo lujo vivía,
justo en mitad del desierto,

en un sarcófago de oro
de una pirámide enorme,
en medio de un gran tesoro;
pero no estaba conforme.

Tanto calor, ¡qué mareo!,
y ni una pizca de agua.
Ella tenía un deseo:
poder usar su paraguas.

Con maleta y pasaporte
y su paraguas de flores,
se vistió, para ir al norte,
con vendas de tres colores.

Ahora **Akenenda** es feliz:
¡salir con lluvia le gusta
lo mismo que a una lombriz!;
la tormenta no la asusta.

El hombre lobo **Marcelo**
se cubre todo de pelo
en noches de plenilunio,
lo mismo en marzo que en junio.

A este lobo larguirucho
le picaba el pelo mucho,
se rascaba todo el rato
y ya estaba turulato.

Le producía el picor
un terrible malhumor,
se enfadaba en un pispás
y no reía jamás.

Tenía el lobo enfadado
fama de horrendo y malvado.

Le dio su veterinario
un ungüento extraordinario
de barro y néctar de flores
para aliviar sus picores.

Desde ese mismo momento
Marcelo vivió contento:
paseaba muy sonriente
y era amable con la gente.

Y el hombre lobo lunático
ahora es un monstruo simpático.

Estos monstruos paliduchos
son amigos de **Clarisa**.
Con ellos disfruta mucho:
¡más que miedo, le dan risa!

El fantasma de Su Alteza
su peine le ha regalado;
porque al no tener cabeza,
no está nunca despeinado.

El vampiro **Antón** le cuenta
lo preciosa que está **Frida**,
para ponerla contenta
mientras se queda dormida.

Vera le da muchos besos
y alguna tarde la invita
a un pizza cuatro quesos,
boloñesa o margarita.

La momia **Akenenda**, es cierto,
viaja en invierno con ella,
para enseñarle el desierto
en camello o en camella.

Baila **Anacleto** el dragón
muchas veces con **Clarisa**.
Al son de cualquier canción,
giran despacio y deprisa.

La niña, con mucho arrobo,
todas las noches escucha
los cantos del hombre lobo,
que aúlla siempre en la ducha.

Esta mansión misteriosa
de la colina nubosa
es la casa de muñecas
que le hizo tía **Rebeca**.

En ella, si el sol se asoma
por encima de la loma,
duermen los monstruos a gusto
sin darle a nadie ni un susto.